www.ingramcontent.com/pod-product-compliance
Lightning Source LLC
LaVergne TN
LVHW010422070526
838199LV00064B/5381
9789358721997

فہرست

(۱)	فلمی صحافت	6
(۲)	شوکت تھانوی	9
(۳)	گلنار اور ببّو	11
(۴)	آبشار اور مجروح بطور 'گلوکار'	14
(۵)	مقصدی فلمیں اور کچھ منفرد فلمیں	17
(۶)	'اسلامی' فلمیں	25
(۷)	فلم میں ممبئی	27
(۸)	فرقہ واریت اور ہندوستانی سنیما	29
(۹)	متوازی سنیما	32

(۱) فلمی صحافت

مشہور اداکارہ مینا کماری نے اپنے ایک مضمون میں اردو کے فلمی اخبار نویسوں کے بارے میں اپنے خیالات اور تجربات بڑے دل چسپ انداز میں بیان کیے تھے۔ ویکلی 'فلم آرٹ' دلّی اور ماہنامہ 'شمع' کے بمبئ میں مقیم خصوصی نمائندے مسٹر رازدان ایم اے کے بارے میں اس نے لکھا کہ وہ ایک گھریلو قسم کے شریف انسان ہیں جو دورانِ گفتگو اِس طرح گھل مل جاتے ہیں کہ بیگانگی کا احساس تک نہیں رہتا، عام فلم جرنلسٹ جن کمزوریوں کا شکار ہیں وہ اُن سے بہت دور ہیں۔ رازدان صاحب نے مینا کماری سے ہفت روزہ 'فلم آرٹ' کے لیے ایک مضمون لکھنے کی فرمائش کی تو مینا کی سمجھ میں نہیں آرہا تھا کہ وہ کس عنوان سے، کس نوعیت کا مضمون تحریر کرے۔ بہر حال اس نے ایک مضمون "اور سپنا پورا ہو گیا" سپردِ قلم کیا اور رازدان کے حوالے کر دیا۔ مضمون شائع ہوا تو قارئین نے اُسے بہت پسند کیا اور بڑی تعداد میں تعریفی خطوط مینا کماری کے پاس پہنچے جن سے حوصلہ پا کر اُس نے بعد میں اردو میں کئی مضامین مختلف اخبارات و رسائل میں اشاعت کی غرض سے بھیجے۔

بمبئ کے روزنامہ 'انقلاب' کے تحت چھپنے والے ممتاز ہفتہ وار فلمی رسالے 'کہکشاں' کے مدیر مسٹر دُکھی پریم نگری کے بارے میں اظہارِ خیال کرتے ہوئے لکھا کہ وہ سوالات معمول کے مطابق اچھے ڈھنگ سے کرتے ہیں لیکن ایک بار انھوں نے غیر ارادی طور پر کچھ ایسی باتیں چھاپ دیں جن سے ڈائرکٹروں میں موصوفہ کی پوزیشن خراب ہو گئی مگر

بعد میں اداکارہ نے اپنی صفائی میں جو بیان جاری کیا اُس سے فضا بالکل صاف ہو گئی۔ کچھ عرصہ بعد دُکھی پریم نگری پاکستان ہجرت کر گئے تھے اور وہاں اُنھوں نے کراچی کے مشہور ہفتہ وار فلمی اخبار 'نگار' کی ادارت کے فرائض بڑی خوش اسلوبی سے انجام دیے اور اُسے ملک کا سب سے مقبول فلمی پرچہ بنا دیا۔ ویکلی 'کہکشاں' سے وابستہ ایک اور فلمی صحافی حسن صحرائی کے بارے میں مینا نے بتایا کہ وہ ایسے انداز سے سوال کرتے ہیں جیسے راشننگ انسپکٹر راشن کارڈ بناتے وقت عام طور پر پوچھا کرتے ہیں "آپ کا نام؟ آپ کے باپ کا نام؟ آپ کا ایڈریس؟" وغیرہ وغیرہ۔ اس کے باوجود مینا کماری کو حسن صحرائی صاحب سے اور کوئی جھجک نہیں ہوتی تھی اور وہ اُن کا بڑا احترام کرتی تھی۔

ساٹھ برس قبل راقم دلّی کے مشہور علمی و ادبی رسالے 'رہنمائے تعلیم' کا فلم اڈیٹر تھا۔ ۱۹۵۴ء میں اس کا خصوصی فلم اڈیشن شائع کرنے کا اعلان ہوا تو میں نے مینا کماری سے مضمون بھیجنے کی فرمائش کی۔ اُس نے 'شیطان بیچارہ' کے عنوان سے ایک آرٹیکل لکھ کر بھیجا جو شاملِ اشاعت کیا گیا۔ اس میں ابلیس اور جبرئیل کے مابین مذاکرات کے علاوہ کچھ شعر بھی درج تھے۔ اُن دنوں مینا کماری کمال امروہوی کی شریکِ حیات تھی اور ان دونوں کے تعلقات خوشگوار تھے۔ مینا بنگلور سے شائع ہونے والے ماہانہ اردو فلمی جریدے 'عبرت' کی سرپرست تھی جسے جناب کامدار اُلدنی ایڈٹ کیا کرتے تھے۔ دونوں نے مجھے اپنے پرچے کا خصوصی نمائندہ مقرر کیا تھا اور میں نے مسوری میں منعقد ہونے والے انٹرنیشنل فلم فیسٹول میں 'عبرت' کی نمائندگی کی تھی۔ ۱۹۵۲ء کی بات ہے۔ عید کے موقعے پر گرہستی، دیور، گماشتہ، آنند بھون وغیرہ مشہور گھریلو فلموں کے ڈائرکٹر ایس ایم یوسف نے اپنے دوستوں کو کھانے کی دعوت دی۔ کھانے کے دوران نامور ادیب اور شاعر شمس لکھنوی نے ایک چمچہ طلب کیا تو حسرتؔ لکھنوی نے شمس صاحب کے

اسسٹنٹ اسلم نوری کو آواز دے کر کہا "اسلم تمھیں شمس صاحب یاد فرمارہے ہیں"۔ اسلم شمس صاحب کے پاس گیا اور پوچھا "آپ نے مجھے کس کام کے لیے بُلایا ہے؟" شمس نے کہا "نہیں، میں نے تو چمچہ مانگا ہے" حسرت بولے "تو یہ کیا ہے؟" یہ سن کر سبھی مہمان خوب ہنسے اور اسلم نوری بے چارہ جھینپ کر رہ گیا۔ خیال رہے اسلم نوری ہر وقت شمس لکھنوی کی ہاں میں ہاں ملایا کرتا تھا اور اختلافِ رائے کی جسارت اُس نے کبھی نہیں کی تھی۔

(۲) شوکت تھانوی

شوکت تھانوی کا شمار اردو کے چوٹی کے مزاح نویسوں میں کیا جاتا تھا اور اُن کا نام کنہیا لال کپور، پطرس بخاری، شفیق الرحمن، عبد المجید سالک اور چراغ حسن حسرت کے ساتھ لیا جاتا تھا۔ وہ اپنے مخصوص انداز میں حوادث اور محسوسات کی تصویر کشی مزاحیہ انداز میں کرتے تھے۔ نثر کے لطیف کچوکے، ظرافت اور مزاح کے عمدہ نمونے اُن کی تحریروں میں دیکھنے کو ملتے تھے۔ آل انڈیا ریڈیو کے مختلف اسٹیشنوں سے اُن کے ڈرامے نشر ہوتے تھے۔ اُن کے ۱۳ ریڈیائی ڈراموں کا مجموعہ 'سُنی سنائی' بڑا مقبول ہوا تھا جس میں اُن کا طرزِ انشا، البیلا مزاحِ لطیف اور طنزِ بے پناہ عروج پر تھا۔ 'لاہوریات' میں انھوں نے اپنے مخصوص انداز میں اپنے لاہور کے قیام کے دوران میں پیش آنے والے واقعات کی تصویر کشی کی تھی۔ 'بیوی' اُن کا مشہور ناول تھا۔

نصف صدی سے بھی کچھ زائد عرصہ گزرا فلم ساز شوکت حسین رضوی نے شوکت تھانوی کی ایک کہانی کو لے کر فلم 'گُلنار' بنانے کا اعلان کیا جس کی ہیروئن نور جہاں تھی۔ سیّد امتیاز علی تاج اس کے ہدایت کار تھے۔ 'گلنار' کا اسکرپٹ قدیم لکھنؤ کے پس منظر میں تیار کیا گیا تھا۔ اس کی کہانی مثنوی 'زہرِ عشق' سے اخذ کی گئی تھی۔ دل چسپ بات یہ تھی کہ اس میں شوکت تھانوی بھی ایک اہم کردار ادا کر رہے تھے اور بطورِ اداکار یہ اُن کی پہلی فلم تھی۔ اس سے پہلے وہ ریڈیائی ڈراموں میں بھی پارٹ لیا کرتے تھے۔ شوٹنگ کے دوران سیٹ پر ماحول پُر لطف رہتا تھا کیوں کہ شوکت تھانوی مزاحیہ گفتگو میں یکتا تھے۔ ناطق فلموں کے ابتدائی دور کی ہیروئن اور گلوکارہ ببّو اِس فلم میں ایک معمر خاتون کے

روپ میں پیش ہوئی تھی جو ادبی ذوق رکھنے کے باعث حاضر جواب تھی۔ اُس میں مذاق کرنے اور مذاق سہنے کی صلاحیت تھی۔ دورانِ فرصت شوکت اور ببّو کی نوک جھونک سماں باندھ دیتی تھی۔ پھبتیوں کا دور چلتا اور کبھی کبھی مذاق ابتذال کی حد تک پہنچ جاتا تھا۔ امتیاز علی تاج سنجیدہ قسم کے انسان تھے، خاموش رہتے یا منہ پر رومال رکھ کر مسکراتے رہتے۔ بعض اوقات ایسی نوبت بھی آتی کہ اُنھیں اِدھر اُدھر ہو جانا پڑتا۔

شوکت تھانوی فقرے بازی کے فن کے امام تھے۔ دورانِ گفتگو وہ ایسے فقرے کستے کہ سب کو لاجواب کر دیتے مگر ببّو نے کبھی اُن سے ہار نہیں مانی تھی۔ وہ جب فقرے بازی پر اُترتی تو شوکت کے پسینے چھوٹ جاتے تھے اور وہ اکثر یہ کہتے سنائی دیتے کہ ببّو میں نے بھری محفل میں کبھی کسی سے ہار نہیں مانی مگر میں تم سے ہار جاتا ہوں۔ واقعی تم لاجواب ہو۔ اپنے دور کے ایک عظیم ادیب کی زبانی ستائش کے یہ جملے سن کر ببّو خوشی سے پھولی نہیں سماتی تھی۔ وہ کہا کرتی تھی کہ عمر ڈھلنے کے باعث میرے مداح ختم ہو گئے لیکن شوکت حوصلہ افزائی کر کے مجھے تازہ دم رکھتے ہیں اور میں اکثر محسوس کرتی ہوں کہ "ابھی تو میں جوان ہوں"۔

(۳) گلنار اور ببّو

ہنستے کھیلتے ماحول میں بننے والی فلم 'گُلنار' پر سب نے بڑی جان ماری کی۔ میوزک ماسٹر غلام حیدر کا تھا جنھوں نے بڑی مدھر دُھنیں تیار کی تھیں اور موسیقی کا جادو بکھیرا تھا۔ 'خاندان' اور 'شہید' کے بعد وہ ایک بار پھر معراج پر پہنچے تھے۔ نغمے فلم کی نمائش سے قبل ہی زبان زدِ عام ہوگئے۔ خاص طور سے یہ نغمہ بہت پسند کیا گیا:

'چاندنی راتیں تاروں سے کریں باتیں'

باقی سبھی گانے بھی ہٹ ہوئے اور غلام حیدر کا نام ایک بار پھر انڈسٹری میں گونجنے لگا۔ 'نور جہاں' پہلے ہی ٹاپ پر تھی اب وہ اور اونچی اڑانیں بھرنے لگی۔ فلم سے سب کو بڑی توقعات تھیں مگر جب مارکیٹ میں اُتاری گئی تو سوائے ہٹ میوزک کے کسی کے ہاتھ کچھ نہیں آیا۔ کئی خوبیوں کے باوجود سب سے بڑی خامی یہ تھی کہ فلم میں حقیقی ماحول اور پس منظر عنقا تھا جس نے تماش بینوں کو مایوس کیا اور تبصرہ نگاروں نے بھی اچھی رائے کا اظہار نہیں کیا۔ شوکت تھانوی کی ایکٹنگ سب کو اچھی لگی اور اُنھوں نے اداکاری کو اپنا مستقل پیشہ بنالیا۔ کئی فلموں میں کام کیا۔

عشرت سلطانہ عرف ببّو کسی زمانے میں ساگر فلم کمپنی کی مشہور ہیروئن ہوا کرتی تھی۔ ۱۹۱۴ء میں دلّی میں پیدا ہوئی تھی۔ طبیعت بچپن سے اداکاری، رقص و موسیقی کی جانب مائل تھی اس لیے فلم لائن میں چلی گئی۔ اچھی اداکارہ ہونے کے ساتھ اچھی سنگر بھی ثابت ہوئی۔ ہیروئن اور ویمپ کا کردار یکساں خوبی کے ساتھ نبھایا کرتی تھی۔ اُن دنوں

بھی بہت ہنس مکھ تھی، جس محفل میں جاتی اُسے زعفران زار بنا دیا کرتی تھی۔ پہلی بار فلم 'دوپٹہ' میں ایک چھوٹا سا رول ملا تھا جو اس نے خوش اسلوبی سے نبھا دیا۔ پھر بڑے کردار ملنے لگے اور فلمیں کامیاب ہوتی چلی گئیں۔ جسم تھوڑا بھاری تھا لیکن اس کی سُریلی آواز نے لوگوں کو دیوانہ بنا رکھا تھا۔ 'جاگیردار' اور 'گراموفون سنگر' فلموں کے باعث بڑی مشہور ہو گئی۔ اس کا یہ گانا بچے بچے کی زبان پر تھا "پجاری میرے مندر میں آؤ" ایک اور نغمہ:

تمھیں نے مجھ کو پریم سکھایا
سوئے ہوئے ہردے کو جگایا

بہت پاپولر ہوا تھا۔ ایک بار اس کی ایک فلم دیکھ کر بمبئی کے گورنر نے اس کی تعریف کی تھی جس کی وجہ سے وہ مغرور ہو گئی اور اس کے نخرے بڑھنے لگے۔ اپنے وفا شعار شوہر کو چھوڑ کر چلتے پھرتے تعلقات پر یقین کرنے لگی۔ بالآخر حسن ڈھلنے کے دن آ گئے اور موٹاپا جسم پر چھا گیا تو سب نے آنکھیں پھیر لیں، کام ملنا بند ہو گیا۔ ملک کا بٹوارہ ہو گیا تو قسمت آزمائی کے لیے لاہور چلی گئی اور وہاں پاکستان کی فلم انڈسٹری میں مقام پیدا کرنے کی کوشش کی۔ چند فلموں میں کام کرنے کے بعد وہاں بھی مارکیٹ ختم ہو گئی۔ کام حاصل کرنے کی کوشش میں وہ اسٹوڈیوز کے چکّر کاٹتی رہتی تھی۔ فلم 'مغلِ اعظم' میں سنگ تراش کا کردار عمدگی سے نبھانے کے باوجود جب اداکار کمار کو بھی اداکاری کے میدان میں دشواری محسوس ہونے لگی تو وہ بھی پاکستان چلا گیا۔ ایک دن اُس کا کسی اسٹوڈیو میں اپنی پرانی ہیروئن ببّو سے سامنا ہوا تو دونوں گلے ملے۔ کمار بار بار "میری ببّو، میری ببّو" کہہ کر پرانے دنوں کی یاد تازہ کرتا رہا۔ دونوں کی آنکھوں سے آنسو بہنے لگے۔ بمبئی میں تب کیسے اچھے دن تھے اور اب کتنا مایوس کر دینے والا ماحول تھا۔ ببّو کے پاؤں جب فلم

انڈسٹری سے اُکھڑ گئے اور کوشش بسیار کے باوجود کام نہ ملا تو اُس نے شراب کی ناجائز درآمد اور برآمد کا دھندا شروع کر دیا، پکڑی گئی تو نہ گھر کی رہی نہ گھاٹ کی۔ آخر کار گمنام موت نصیب ہوئی۔ اب اُسے یاد کرنے والا کوئی نہیں۔

(۴) آبشار اور مجروح بطور 'گلوکار'

حسرتؔ لکھنوی نے ۱۹۵۲ء میں فلم 'آبشار' بنائی تھی جس کا افسانہ اُن کا اپنا تھا، مکالمے واحد قریشی نے لکھے تھے اور نغمے قتیلؔ شفائی اور سرشار سیلانی کے قلم سے تھے۔ نمی، راجکمار، کلدیپ کور اور تیواڑی نے اس فلم میں کام کیا تھا۔ فلم ناکام ثابت ہوئی۔ حسرت نے اس سے پہلے کئی فلموں کے گیت اور مکالمے لکھے تھے اور اُن کی کچھ کہانیاں بھی فلمائی گئی تھیں۔ 'آبشار' کی ناکامی سے دل برداشتہ ہو کر وہ پاکستان پہنچے اور وہاں فلم سازی کا دھندا شروع کیا۔ کامیابی ملی یا نہیں اس کا پتہ نہ چل سکا۔

۱۹۵۳ء میں مجروحؔ سلطانپوری نے ایک فلم 'ارمان' میں چند اشعار کا پلے بیک ترنم دیا تھا جسے بہت پسند کیا گیا تھا۔ یہ اشعار فلم میں ہیرو دیو آنند کے منہ سے کہلوائے گئے تھے۔ اپنے اس نئے شغل کے بارے میں اُنھوں نے ایک اخبار کے نمائندے کو بیان دیتے ہوئے کہا کہ اگر فلمساز اپنی فلموں میں مجھ سے مترنم غزلیں پڑھوانا چاہتے ہیں تو میں اسے Profession بنانے کے لیے تیار ہوں۔ ایک دوسرے اخبار نے اُن کے بیان پر تبصرہ کرتے ہوئے لکھا کہ اگر وہ اس ضمن میں سنجیدہ ہیں تو اُنھیں اخبارات میں واضح طور پر اس کا اعلان کر دینا چاہیے تاکہ بوقتِ ضرورت فلمساز براہِ راست اُن سے بات کر کے معاملہ طے کر لیں۔ اس پر مجروحؔ صاحب نے دوستوں کو بتایا کہ اُنھوں نے ازراہِ مذاق یہ بیان دیا تھا اور وہ ایسا کوئی ارادہ نہیں رکھتے۔

فلم 'ارمان' ایک عام انسان کے ارمانوں کی کہانی تھی جو ظلم سہتا ہے اور نئی صبح کا

انتظار کرتا ہے۔ مدھوبالا، دیو آنند، شکیلہ، جاگیردار، میناکشی، کے این سنگھ، جال مرچنٹ اور گلاب نے اس میں اداکاری کے جوہر دکھائے تھے۔ عکاسی جال مستری کی اور موسیقی ایس ڈی برمن کی تھی۔ فالی مستری اس کے ہدایت کار تھے۔ سبھی گیت ساحر لدھیانوی نے لکھے تھے جو اردو کی فلمی شاعری کا بہترین نمونہ تھے۔ ملاحظہ فرمایئے:

بول نہ بول اے جانے والے سن تو لے دیوانوں کی
اب نہیں دیکھی جاتی ہم سے یہ حالت ارمانوں کی
حسن کے کھلتے پھول ہمیشہ بے دردوں کے ہاتھ بکے
اور چاہت کے متوالوں کو دھول ملی ویرانوں کی
دل کے نازک جذبوں پر بھی راج ہے سونے چاندی کا
یہ دنیا کیا قیمت دے گی سادہ دل انسانوں کی

بھرم تیری وفاؤں کا مٹا دیتے تو کیا ہوتا
تیرے چہرے سے ہم پردہ اُٹھا دیتے تو کیا ہوتا
محبت بھی تجارت ہو گئی ہے اس زمانے میں
اگر یہ راز دنیا کو بتا دیتے تو کیا ہوتا
تیری اُمید پر جینے سے حاصل کچھ نہیں لیکن
اگر یوں بھی دِل کو آسرا دیتے تو کیا ہوتا

جب دنیا بدلی ہے پھر کیوں نہ بدلیں ہم
کھلتے ہوئے موسم میں کیوں بیتی رُت کا غم

جو بیتی بیت گئی، اب اس کو یاد نہ کر
رنگین بہاروں کو یوں ہی برباد نہ کر
ان نازک گھڑیوں کی عمریں ہوتی ہیں کم
جب دنیا بدلی ہے پھر کیوں نہ بدلیں ہم
چاہت کے گلشن سے خوشیوں کے موتی چُن
کچھ اپنے دل کی کہہ کچھ میرے دل کی سن
یہ دوری کیسی ہے، میں پھول ہوں تو شبنم
جب دنیا بدلی ہے پھر کیوں نہ بدلیں ہم

(۵) مقصدی فلمیں اور کچھ منفرد فلمیں

مقصدی فلمیں

اسی طرح ہماری بیورو کریسی کی لال فیتہ شاہی اور قابلیت و صلاحیت کی بے قدری کو موضوع بنا کر ڈائرکٹر تپن سنہا نے ۱۹۹۰ء میں فلم 'ایک ڈاکٹر کی موت' بنائی تھی۔ اس میں بتایا گیا ہے کہ اپنی گرہستی کے دُکھ سُکھ بھول کر جذام کے علاج کی تلاش میں اپنی زندگی وقف کر دینے والے ڈاکٹر (پنکج کپور) کو اپنی تحقیق اور اپنے حق کی لڑائی میں کتنی جانکاہی سے گزرنا پڑتا ہے۔

ظلم، ناانصافی اور حالات کا جبر انسان کو کس طرح مشتعل اور تشدد آمادہ کر دیتا ہے اسے 'مرگیہ' (۱۹۷۶ء)، 'آکروش' (۱۹۸۰ء) اور 'اردھ ستیہ' (۱۹۸۳ء) میں بڑی خوبی سے دکھایا گیا ہے۔ مرنال سین کی 'مرگیہ' میں بھگوتی چرن پانی گڑھی کی کہانی برٹش نو آبادیات کے عہد کے اڑیسا کے سنتھال قبائلی علاقے میں گڑھی ہوئی ہے، جس میں سنتھال قبیلے کا ایک شکاری اپنی بیوی کی عزت بچانے کے لیے اپنے علاقے کے بدنام اور حریص مہاجن کا سر کاٹ دیتا ہے اور یقین کرتا ہے کہ اسے اپنے علاقے کے سب سے خطرناک 'درندے' کا سر اُتارنے کا انعام سرکار بہادر سے ملے گا، لیکن سزایاب ہوتا ہے۔ قبائلی اور اُس کی بیوی کے کرداروں سے متھن چکرورتی اور ممتا شنکر نے اپنی اداکاری کے کرئیر کا آغاز کیا تھا۔ آگے چل کر کمرشیل سینما میں ڈسکو ڈانسر بن جانے والے متھن کی زندگی کی غالباً یہ بہترین فلم تھی۔ بینگل کے سینماٹوگرافر گوند نہلانی نے اپنی ہدایت کاری

کے نقشِ اول 'آکروش' ہی سے اپنی مثالی مہارت کا ثبوت پیش کر دیا تھا۔ بھیونڈی شہر کی ایک حقیقی واردات پر مبنی یہ کہانی وجے ٹینڈولکر نے لکھی تھی۔ اس میں بتایا گیا تھا کہ ایک قبائلی (اوم پوری) اپنی نوبیاہتا بیوی (سمیتا پاٹل) کو اس لیے قتل کر دیتا ہے کہ اُس کی عزت جنگل کی سیر پر نکلے کچھ رئیسوں اور سیاست دانوں نے لوٹ لی تھی اور وہ اُن اونچی ہستیوں کا کچھ نہیں بگاڑ سکتا تھا جن کے ساتھ اُس کا آجر اور پولس والے بھی ملے ہوئے تھے۔ دورانِ مقدمہ اپنے باپ کی چتا جلانے کے لیے پیرول پر رہا قبائلی اپنی جوان بہن کو بھی اس خدشے سے موت کے گھاٹ اُتار دیتا ہے کہ کہیں مجبوری اُسے اُس کے آجر کی داشتہ نہ بنا دے! اپنی پہلی ہی فلم میں زبردست اداکاری نے اوم پوری کو اسٹار بنا دیا تھا۔ لیکن نہلانی کی بہترین فلم 'اردھ ستیہ' ہے، جس میں ایک ایماندار سب انسپکٹر (اوم پوری) کو جرم اور سیاست کے گٹھ جوڑ سے اس لیے متنفر بتایا گیا ہے کہ وہ اسے بار بار اپنے فرائض کی ادائیگی میں حائل پاتا ہے۔ اس کی بے بسی اور بے چینی کی انتہا نہیں رہتی جب اُسے ایک ایسے سیاسی لیڈر (سدا شیو امر پورکر) کی حفاظت پر مامور کیا جاتا ہے جس کے گناہوں کا گھناؤنا ماضی اُس کے سامنے کھلی کتاب کی طرح روشن تھا۔ بالآخر وہ اس سیاسی لیڈر کو قتل کر کے خود کو قانون کے حوالے کر دیتا ہے۔

سعید اختر مرزا کی 'البرٹ پنٹو کو غصّہ کیوں آتا ہے' (۱۹۸۰ء) 'سلیم لنگڑے پہ مت روؤ' (۱۹۸۹ء) اور ڈائرکٹر وجے مہتا کی 'پیسٹن جی' (۱۹۸۷ء) جیسی فلموں کی مخصوص پس منظر کی چھوٹی چھوٹی کہانیاں ایک طرح سے بیسویں صدی کے ہندستان میں ان فرقوں کے عمومی حالات، مزاج و معاش اور موڈ کا علامتی اظہار بن گئی ہیں۔ پہلی کہانی کیتھولک فرقے کے تیز مزاج نوجوان گیرج میکنک البرٹ پنٹو (نصیر الدین شاہ) اور اُس کی محبوبہ اِسٹیلا (شبانہ اعظمی) کے گرد گھومتی ہے جب کہ سلیم لنگڑے (پون ملہوترا) کی

کہانی میں بقول ڈائرکٹر یہ بتایا گیا ہے کہ بمبئی کے اوسط درجے کے مجرموں کے کنٹرول میں بسے علاقے (دوٹانکی) میں ایک ملازمت پیشہ شخص کے زندگی بسر کرنے کا کیا مطلب ہوتا ہے؟'پیسٹن جی' کے مرکزی کرداروں میں دو مُسن پارسی دوست (نصیرالدین شاہ، انوپم کھیر) اُن کی مشترکہ محبوبہ (شبانہ اعظمی) اور ایک بیوہ (کرن کھیر) شامل ہیں۔ ان فلموں کی خاص بات یہ ہے کہ ان فرقوں کے ماحول اور معاشرت کو جیتا جاگتا سلولائیڈ پر پیش کر دیا گیا ہے۔

کچھ مزید منفرد فلمیں

کچھ ایسی منفرد اور دل چسپ فلمیں بھی ہیں جنھیں کسی خانے میں فٹ نہیں کیا جاسکتا، مثلاً ایک راجستھانی لوک کہانی پر مبنی منی کول کی 'دویدھا' (۱۹۷۳ء) میں ایک نوبیاہتا دُلھن پر ایک بھوت عاشق ہوکر اُس کے شوہر کے لیے پریشانیاں کھڑی کر دیتا ہے۔ اس دل چسپ کہانی کو امول پالیکر نے ۲۰۰۵ء میں 'پہیلی' کے نام سے اپنے ڈھنگ سے پیش کیا تھا۔ 'دویدھا' میں شادی شدہ جوڑے کا کردار روی مینن اور رئیسا پدمسی نے ادا کیا تھا اور 'پہیلی' میں شاہ رُخ خان اور رانی مکھرجی نے۔ پھنیسور ناتھ رینو کی کسی لوک کہانی ہی کی طرح دل کش اور شمالی ہند کے کئی لوک گیتوں سے سجی ہدایت کار باسو بھٹاچاریہ کی ترنم ریز 'تیسری قسم' (۱۹۶۶ء) کو بھلا کون بھُلا سکتا ہے! جس میں سادہ دل گاڑی بان ہیرا من (راج کپور) اور اُس کی مخلص مسافر نوٹنکی ڈانسر (وحیدہ رحمان) کے درمیان گیت وسنگیت کی ہم مذاقی کے علاوہ چند روز کی رفاقت و ہمرہی اُن دونوں کے دلوں میں ایک عجیب سا رشتہ ایثار پسندی تک کا پیدا کر دیتی ہے۔ یہی وجہ ہے کہ جب نوٹنکی ڈانسر اپنے تھیٹر گروپ کے ساتھ شہر کے لیے چل پڑتی ہے تو دل شکستہ ہیرا من اپنی زندگی کی تیسری قسم یہ کھاتا ہے کہ وہ پھر کسی نوٹنکی گرل کو اپنی بیل گاڑی میں نہیں

بٹھائے گا۔ ایک سنسکرت ڈرامے (مرچھیکتیکا) پر بنی 'اُتسو' (۱۹۸۴ء) کا ایک اپنا ہی رنگ تھا جس کے لیے ہدایت کار گریش کرناڈ نے ایک عجیب سا افسانوی ماحول تخلیق کیا تھا۔ ہدایت کار سنگیتھم نواس راؤ نے بغیر مکالموں کی فلم 'پُشپک' میں اپنی یہ انوکھی کہانی پیش کی تھی کہ ایک بے روزگار نوجوان (کمل ہسن) ایک شرابی رئیس کو کہیں نشے میں دھت پڑا پاتا ہے، جس کی جیب میں ایک فائیو اسٹار ہوٹل کی چابی جھانک رہی تھی۔ نوجوان اُسے اُٹھا اپنے گھر میں لا کر قید کر دیتا ہے اور اُس کی جگہ فائیو اسٹار ہوٹل میں پہنچ کر مزے اُڑاتا ہے، اس بات سے بے خبر کہ کوئی کرایے کا قاتل اس کمرہ نمبر کے مکین کو قتل کرنے کے ارادے سے پہنچے گا۔ مرنال سین کی 'ایک دن اچانک' (۱۹۸۸ء) میں ایک ریٹائرڈ پروفیسر ایک دن اچانک غائب ہو جاتا ہے۔ وہ نہیں لوٹتا تو اُس کی بیوی بچے، دوست احباب فکر مند ہو جاتے ہیں۔ جب مہینوں گزر جاتے ہیں تو وہ سب اپنی اپنی یادوں کے اجزا سے اُس کا جس طرح تصور کرتے ہیں، ڈائرکٹر نے اُنھیں جوڑ کر اس کی شخصیت کی تعمیر کی کوشش کی ہے۔ کچھ فلمی نقادوں نے اس فلم کو سین کی سب سے قریبی سوانحی فلم کے طور پر دیکھا ہے۔ ۱۹۷۶ء میں ڈائرکٹر ڈی ایس سلطانیا کی پیش کی گئی فلم 'کتنے دور کتنے پاس' میں اس ٹائٹل پر منطبق ہونے والی دو الگ الگ کہانیاں یکجا تھیں جو کہ انٹرول میں منقسم ہو جاتی ہیں۔ پہلی کہانی کے کردار سمیت بھانجا اور حنا کوثر نے نبھائے تھے اور دوسری کہانی میں ایک مٹی ہوئی جاگیر دارانہ تہذیب کے وارث اور گھوڑوں کی ریس کے شوقین رئیس کا کردار اُتپل دت نے ادا کیا تھا۔

ڈائرکٹر بپلب رائے چودھری کی 'شودھ' (۱۹۸۰ء)، امول پالیکر کی 'ان کہی' (۱۹۸۴ء) اور گریش کرناڈ کی 'چیلووی' (۱۹۹۲ء) بنیادی طور پر کسی خاص پیغام کی حامل مقصدی فلمیں ہیں۔ 'شودھ' توہم پرستی کے خلاف گانو کے غریب اوران پڑھ لوگوں کے

ذہن سے بھوت پریت کے یقین کو ختم کرنے کے لیے بنائی گئی فلم تھی اور مرکزی رول اوم پوری نے ادا کیا تھا۔ 'ان کہی' کے ڈائرکٹر نے پیغام دیا تھا کہ ع ستارہ کیا تری تقدیر کی خبر دے گا! اس فلم میں ایک الم انجام کہانی کے ذریعے علمِ نجوم کو غیر عقلی اور نا معتبر ثابت کیا گیا ہے۔ مرکزی کردار امول پالیکر، دیپتی نول اور شری رام لاگو نے ادا کیے تھے۔ ٹیلی فلم 'چیلووی' کنڑّ کی ایک پُر اثر لوک کتھا پر مبنی ہے، جو وہاں مائیں عموماً اپنے بچوں کو کھانا کھلاتے یا سُلاتے وقت سناتی ہیں۔ ماحولیات کے تحفظ کے پیغام کی حامل اس دل کو چھُو لینے والی کہانی کی مرکزی کردار چیلووی (جو سونالی کلکرنی نے ادا کیا تھا) کو وردان ملتا ہے کہ وہ حسبِ ضرورت اپنے وجود کو ایک خوشبودار پھولوں کے پیڑ میں بدل کر اپنے غریب پریوار کی کفالت کر سکتی ہے، لیکن اگر پیڑ کو گزند پہنچا تو خود اُس کی زندگی خطرے میں پڑ جائے گی۔ شومیِ قسمت سے دوسروں کی لاپروائی کے ہاتھوں خوشبودار پھولوں بھرے درخت کا (اُس کا) وجود ٹنڈ مند تنے اور ٹوٹی پھوٹی شاخوں میں بدل جاتا ہے جسے بے دردی سے ایندھن کی ٹال میں ڈھیر کر دیا جاتا ہے۔ راجیو مینن کی عکّاسی اور بھاسکر چندراور کر کے سنگیت نے اس فلم کو سلولائیڈ پر ایک حسین نغمے میں ڈھال دیا تھا۔

ڈائرکٹر امول پالیکر کی 'تھوڑا سا رومانی ہو جائیں' (۱۹۹۰ء) اور شیام بینیگل کی 'ویلکم ٹو سجّن پور' (۲۰۰۸ء) زندگی کی مثبت قدروں پر اُمیدیں قائم کرنے والی دو انتہائی خوبصورت فلمیں ہیں۔ امول کی فلم دراصل جوسف انتھونی کی ۱۹۵۶ء میں بنی فلم The Rainmaker پر مبنی ہے۔ اس میں بتایا گیا ہے کہ ایک کنواری عورت (انیتا کور) جس کی سپاٹ اور بے رنگ شخصیت اس بے آب و گیاہ علاقے ہی کی طرح بنجر بنی ہوئی ہے جہاں وہ ایک ایسے خاندان کے ساتھ رہتی ہے، جس میں ہر فرد کسی نہ کسی مایوسی یا اندیشے میں مبتلا ہے اور سب سے بڑا خوف اُنھیں یہ کھائے جارہا ہے کہ اگر اس سال بھی بارش نہ ہوئی

تو وہ شہر خالی کرنا پڑے گا۔ ایسے میں ایک اجنبی آکر دعوا کرتا ہے کہ مقررہ فیس میں وہ وہاں ایک ماہ میں بارش برسادے گا۔ وہ خاندان اس ناقابلِ اعتبار خدمت کو اس کے اس عہد پر قبول کرلیتا ہے کہ وہ شخص ایک ماہ تک کہیں نہیں جائے گا۔ اس دوران میں وہ شخص اپنے برتاؤ سے ان کی زندگیاں بدل دیتا ہے، ہر کسی کی نجی کمزوری دور کر کے اُن کی اُمیدیں جگا دیتا ہے۔ اس دوشیزہ کی سپاٹ زندگی میں بھی خوشیوں کے رنگ جھلکنے لگتے ہیں، لیکن مقررہ مدت کے خاتمے پر وہ اچانک غائب ہو جاتا ہے تو سب اسے فریبی سمجھنے لگتے ہیں، لیکن اب اُن لوگوں کا زندگی کی مثبت قدروں پر اعتبار قائم ہو چکا تھا اور پھر سچ مچ برسات ہو جاتی ہے اور اُن کا گانو ہی نہیں اُن کی زندگیاں بھی سرسبز ہو جاتی ہیں۔ بینیگل کی فلم ایک بے روزگار گریجویٹ (شریاس تلپڑے) کے گرد گھومتی ہے جو کہیں کام نہ ملنے پر اپنے گانو (سجّن پور) کے پوسٹ آفس کے باہر نامہ نویسی کا کام شروع کر دیتا ہے۔ طرح طرح کے لوگوں کی چٹھیاں لکھتے ہوئے وہ اُن کے سکھ دکھ، امید و یاس، آرزوؤں محرومیوں اور کسی کی شر پسندی اور کسی کی بے بسی کے اثرات اپنے وجود پر بھی محسوس کرتا ہے اور اُن کے کام بھی آتا ہے۔ اس کے پاس ایک ایسی عورت بھی روزگار کے لیے شہر گئے ہوئے اپنے پتی کو خط لکھوانے اور اُس کے خط پڑھوانے آنے لگتی ہے، جو کبھی بچپن میں اُس کی ساتھی تھی۔ چوں کہ نامہ نویس کے دل میں اس کے لیے محبت دبی ہوئی ہے اس لیے وہ نامہ و پیام کو ایسا رُخ دینے کی کوشش کرتا ہے کہ وہ اپنے پتی کو بھلا دے، لیکن اپنی نیک فطرتی کے باعث وہ اُس کے پتی کے مخدوش حالات اور اپنی بچپن کی ساتھی کی پریشانیاں جان کر خود کو ظاہر کیے بنا اُن کا مددگار ثابت ہوتا ہے۔

وقت کی سب سے اہم ضرورت یعنی فرقہ وارانہ ہم آہنگی اور انسان دوستی کا پیغام بھی متوازی سنیما گاہے بگاہے انتہائی موثر طریقے سے پہنچاتا رہا ہے۔ کمال امروہوی کی

لکھی کہانی پر ڈائرکٹر یوسف نقوی نے ۱۹۷۷ء میں فلم 'شنکر حسین' پیش کی تھی، جو ایک برہمن کے ذریعے ایک شیعہ بچے کی پرورش اور اُس کے نتیجے میں اُٹھے مسائل پر ایک اچھی فلم تھی۔ کمال امروہوی کی لکھی ہوئی ایک نظم (کہیں ایک معصوم نازک سی لڑکی۔۔۔) جو 'پاکیزہ' کے لیے کام نہ آسکی تھی، ہمیں اس فلم میں ملتی ہے۔ ٹی اے رزاق کی کہانی پر مبنی ملیالم فلم کو 'ڈور' کے نام سے ڈائرکٹر ناگیش کُکنور نے ۲۰۰۶ء میں ہندی میں پیش کیا تھا۔ اس کہانی میں سعودی عرب میں ملازم دو ہندستانیوں میں سے ایک کے ہاتھوں دوسرے کی حادثاتی موت ہو جاتی ہے اور وہ قتل کا مجرم ٹھہرتا ہے۔ اس کے بعد ایک طرف تو قتل کے مسلم ملزم کی باہمت بیوی (گل پناگ) کی اپنے شوہر کو سزا سے بچانے کی پُر صعوبت کوششوں کو دکھایا گیا ہے، دوسری طرف اُس مقتول ہندو کی روایات میں جکڑی بیوہ کے اپنے ذاتی صدمے سے نکل کر اُس کے قاتل کو معاف کر دینے کے ظرف کو۔ گل پناگ کا کردار اس لیے بھی فائق نظر آتا ہے کہ وہ ہماچل پردیش سے نکل کر راجستھان کے نامعلوم گانو میں اس کی بیوی تک پہنچنے کے تلخ و شیریں تجربوں سے گزرتی ہے۔ اُس کے مددگار بہروپیے کے رول میں شریاس تلپڑے کا کردار بھی بھلایا نہیں جاسکتا۔

ڈائرکٹر اپرنا سین کی ۲۰۰۲ء میں ریلیز ہوئی فلم 'مسٹر اینڈ مسز ائیّر' جنوبی ہند کی ایک ائیّر برہمنی (کونکنا سین شرما) اور ایک مسلم وائلڈ لائف فوٹوگرافر (راہل بوس) کی فسادزدہ علاقوں سے گزرتی ایک بس کے (اور جزوی طور پر ریل کے) سفر کی ہمرہی کی ایک ایسی داستان ہے، جسے ہمارے کالجوں اور یونی ورسٹیوں میں نصاب کا حصہ بنائے جانے کی ضرورت ہے۔

متوازی سینما کا یہ کوئی مکمل جائزہ نہیں ہے، پھر بھی کوشش کی گئی ہے کہ ۱۹۶۹ء

کے بعد کی نمایاں اور اہم فلموں کا ذکر چھوٹ نہ جائے۔ عوامی اعتبار سے مقبول اور تجارتی طور پر کامیاب چند فلموں ('موسم'، 'آندھی' اور 'نکاح') کا ذکر اس مضمون میں بظاہر نامناسب سمجھا جاسکتا ہے، اس کا جواز یہ ہے کہ اُن فلموں کے موضوع کی نُدرت کی وجہ سے اُن کی شمولیت کو ضروری سمجھا گیا۔

(۶) 'اسلامی' فلمیں

یوں تو مسلمانوں کی تاریخ و تہذیب سے متعلق بے شمار فلمیں (نجمہ، طلاق، پالکی، میرے محبوب وغیرہ) بنتی رہی ہیں لیکن ایم ایس ستھیو کی 'گرم ہوا' (۱۹۷۳ئ) بی آر چوپڑا کی 'نکاح' (۱۹۸۲) اور ساگر سرحدی کی 'بازار' (۱۹۸۲ئ) جیسی فلموں کو ایک خاص پہلو سے مسلم معاشرے کے سیاسی، معاشرتی اور ازدواجی رُخ کو کامیابی کے ساتھ پیش کرنے کی فقید المثال کوششوں میں گنا جاسکتا ہے۔ عصمت چغتائی کے افسانے پر مبنی 'گرم ہوا' میں تقسیم وطن کے فوراً بعد منقسم مسلم خاندانوں کے کرب اور بدلے حالات میں ہم وطنوں کے بدلے ہوئے رویوں کے بیچ اُن کی اپنی بقا کی جدوجہد میں پریشانیاں، شمالی ہند کے ایک جوتا ساز خاندان کی کہانی کے حوالے سے اس خوبی سے پیش کی گئی ہے کہ آپ اُن موسموں کی گرم ہوا کی تپش محسوس کرسکتے ہیں۔ اچلا ناگر کی لکھی ہندی کہانی پر مبنی 'نکاح' میں مسلم فیوڈل کلاس میں عورت کی حیثیت اور مسلم پرسنل کے مسائل (نکاح، طلاق اور حلالہ) کو پیش کرنے کی جرأت کی گئی ہے۔ ساگر ہی کی لکھی کہانی 'بازار' میں حیدرآباد میں جوڑے اور جہیز کی بدعت کی مار جھیلتے متوسط طبقے کی کم تعلیم یافتہ بن بیاہی لڑکیوں کی بدحالی اور جاگیری سماج یا عرب شیوخ کے ذریعے ان کے استحصال کی دل دوز داستان پیش کی گئی ہے۔ زیادہ تفصیل کا موقع نہیں، پھر بھی ان فلموں کے اہم ترین کرداروں میں بالترتیب بلراج ساہنی، سلما آغا اور سپریا پاٹھک کی بے داغ اور لاجواب اداکاری کا اعتراف ضروری ہے۔ 'نکاح' میں حسرت کی غلام علی کی گائی ہوئی غزل ع چپکے

چپکے رات دن آنسو بہانا یاد ہے اور سلما آغا کی دل رُبا آواز میں حسن کمال کا کلام (۱) دل کے ارماں آنسوؤں میں۔۔۔ (۲) دل کی یہ آرزو تھی کوئی۔۔۔ اسی طرح 'بازار' میں خیام کی موسیقی کے ساتھ میرؔ، مرزا شوقؔ، مخدومؔ اور بشر نوازؔ کا کلام لتا منگیشکر، جگجیت سنگھ، چترا سنگھ، طلعت عزیز اور بھوپیندر کی آوازوں میں غالباً اپنے بہترین غنائی فارم میں محفوظ ہو گیا ہے۔

(۷) فلم میں ممبئی

ہندی فلم صنعت کی راج دھانی ممبئی میں خود ممبئی کی زمین آسمان میں سیکڑوں فلمی کہانیوں کو فلمایا گیا ہے، لیکن کبھی کبھی ممبئی خود اپنے کچھ سلگتے ہوئے موضوعات (رہائش، فسادات اور شرنارتھی) کی بِنا پر بھی مرکزی موضوع بن کر اُبھرتی رہی ہے۔ یہاں ایسی ہی چند فلموں کا تذکرہ مقصود ہے۔ خواجہ احمد عباس کی پُرانی فلم 'شہر اور سپنا' کا بنیادی موضوع ہی ممبئی میں رہائش کا مسئلہ تھا۔ فلم میں پنجاب سے روزگار کی تلاش میں ممبئی آئے ایک نوجوان (دلیپ راج) کو اپنی بیوی (سریکھا) کے ساتھ پانی کے ایک سوکھے پائپ میں زندگی گزارتے دکھایا گیا ہے۔ فلم کے اختتام پر ایک طرف انہدامی دستے کو جھگی جھونپڑیاں اُجاڑتے ہوئے دِکھایا گیا ہے اور دوسری طرف پائپ میں نوجوان کی بیوی ایک ننھے وجود کو جنم دے رہی ہوتی ہے۔ سلم (slum) کے موضوع کو زیادہ فنکاری کے ساتھ آنند پٹوردھن نے اپنی مشہور ڈاکیومنٹری 'ہمارا شہر' (۱۹۸۸) میں پیش کیا تھا۔ جس میں اسّی کی دہائی میں بمبئی کی سلم آبادی پر بلڈر مافیا اور سیاست دانوں کے گٹھ جوڑ کے خطرے کو موضوع بنایا گیا تھا۔ فلم کے ایک منظر میں میونسپل کمشنر کو بمبئی میں رہائش کے لیے زمین کی قلت کی بات کرتے ہوئے بتایا گیا ہے جب کہ اسی وقت اُس کے وسیع و عریض لان پر اُس کا پالتو کتا دوڑتا کھیلتا نظر آتا ہے! ایک دوسرے منظر میں پولس کمشنر اڈورٹائزنگ کلب میں جھونپڑوں میں رہنے والے اُن غریبوں اور مزدوروں کو بے عقل اور بے حیثیت کہتا ملتا ہے جنھوں نے سمندر کے کنارے فلک بوس عمارتوں کو اپنا خون

پسینہ ایک کر کے تعمیر کیا تھا جبکہ ساحل پر بنی اُن کی جھگیاں ہمیشہ سمندر کی تیز و تند لہروں کی زد پر رہی تھیں! ڈائرکٹر سدھیر مشرا کی ۱۹۹۱ء میں ریلیز ہوئی فلم 'دھاراوی' ہمیں بتاتی ہے کہ ایسی آبادیوں میں معاشی مجبوریاں اور مسائل کی تلخیاں لوگوں کو کس طرح جُرم کے پھندوں میں پھنسا دیتی ہیں۔ ڈائرکٹر میرا نائر نے اسکرپٹ رائٹر سونی تاراپور والا کے ساتھ مل کر دو ماہ تک گندی بستیوں، فٹ پاتھوں، کوٹھوں اور یتیم خانوں میں زندگی بسر کرتے بچوں کے حالات کا مشاہدہ کیا تھا۔ اس دوران اُنھیں پولیس، دلّال، کوکین فروش، رنڈیوں سب ہی سے سابقہ پڑا تھا۔ اُنھوں نے اُنیس بچوں کو چُن کر ۱۹۸۰ء میں 'سلام بمبے' بنائی تھی، جس میں ایسے بچوں کے سکھ دکھ، لڑائی جھگڑوں، سمجھوتوں کو اُن کی اُمنگوں، محرومیوں اور فرسٹریشن کو بڑے ہی دل چھو لینے والے انداز میں پیش کیا گیا ہے۔

(۸) فرقہ واریت اور ہندوستانی سنیما

آنند پٹوردھن کی فرقہ واریت کے خلاف پہلی تخلیق ڈاکیومنٹری فلم 'یاد پیاری' کافی سراہی گئی تھی۔ دوسری ۱۹۹۲ء میں بنی اُن کی ایک اہم ڈاکیومنٹری فلم 'رام کے نام' برسوں کی صبر آزما کوششوں اور عدالتی فیصلے کے بعد ریلیز ہو سکی تھی۔ اس میں ایودھیا کے مسئلے کے سیاسی استحصال، بھاجپا کے سیاسی ایجنڈے اور اڈوانی کی رتھ یاترا کو موضوع بنایا گیا ہے۔ اس فلم میں ایودھیا کے اس پروہت کا بیان بھی شامل ہے جو فرقہ پرستوں کا شریک نہ بننے کی بِنا پر قتل کر دیا گیا تھا اور اس کارسیوک کا انٹرویو بھی شامل ہے، جس نے پولس کے ساتھ مل کر عبادت گاہ میں مورتیاں رکھی تھیں۔ ۱۹۹۵ء میں ڈائرکٹر منی رتنم کی مشہور فیچر فلم 'بومبے' ریلیز ہوئی تھی، جس میں بتایا گیا ہے کہ انٹرکاسٹ شادی کرنے کی پاداش میں ایک جوڑا (اروند سوامی، منیشا کوئرالا) اپنے اپنے خاندان سے ٹھکرا دیے جانے کے بعد معاش کے لیے بمبئی میں آ کر آباد ہو جاتا ہے۔ ایسے میں بابری مسجد کے انہدام کے بعد رونما ہونے والے فسادات میں میاں بیوی اپنے جڑواں بیٹوں کو کھو بیٹھتے ہیں۔ فلم کے اختتام میں نہ صرف وہ اپنے بیٹوں کو پا لیتے ہیں بلکہ دل خوش کُن طور پر فسادات کے روح فرسا سانحوں کو دیکھ کر اُن کے خاندان بھی اپنی تنگ نظری کی دیوار گرا دیتے ہیں اور اُنھیں اپنا لیتے ہیں۔ اسی سال بابری مسجد کے انہدام کے سانحے کے پس منظر میں سعید اختر مرزا کی فلم 'نسیم' بھی آئی تھی، جس کی کہانی متوسط طبقے کے ایک مسلم خاندان کی نوعمر اسکول کی طالبہ نسیم (میوری کانگو) کے گرد گھومتی ہے۔ اسے اپنے بیمار اور

اپاہج دادا (کیفی اعظمی) سے بڑا لگاؤ ہے، جو اُسے قبلِ آزادی کی میل ملاپ اور انسان دوستی کی اچھی اچھی کہانیاں اور نظمیں سُنایا کرتے ہیں۔ ایسے ماحول میں کہ گھر کے افراد ٹیلی ویژن پر رتھ یاترا کے ایودھیا پہنچنے کی خبروں سے فکر مند اور متوحش نظر آتے ہیں اور خود نسیم کا بھائی (سلیم شاہ) ممکنہ فساد کے اندیشے سے کچھ بنیاد پرستوں سے جاملتا ہے۔ اپنے دادا سے ذہنی قربت رکھنے والی نسیم خود کو ایک عجیب سے دوراہے پر پاتی ہے۔ فلم کے اختتام میں ٹیلی ویژن پر بابری مسجد کے انہدام کی خبروں کے ساتھ اُس کے دادا کی سانسوں کا تار بھی ٹوٹ جاتا ہے۔ ایک طرح سے یہ موت ایک مشترکہ کلچر کے خاتمے کی علامت بنی نظر آتی ہے۔ مشہور فلم جرنلسٹ اور نقاد خالد محمود کی کہانی پر شیام بینیگل نے 'ممّو' بنائی تھی۔ اس کہانی میں بمبئی میں بسے شرنارتھیوں / غیر مراٹھیوں کو پاکستانی قرار دے کر اپنی سیاست چمکانے والی ایک تنگ نظر علاقائی پارٹی شیو سینا کا بھی ایک اہم کردار ہے۔ لاہور سے اپنی بہن کے پاس بمبئی میں ملنے کے لیے آئی بیوہ اور بے سہارا ممّو (فریدہ جلال) کوشاں ہے کہ کسی طرح یہاں کی شہریت مل جائے تو وہ اپنی زندگی کے باقی دن یہیں کاٹ لے، لیکن علاقائی پارٹی کی سیاست اسے واپسی پر مجبور کر دیتی ہے۔ غالباً فریدہ جلال کے کرئیر کی یہ بہترین فلم رہی ہے۔

۲۰۰۷ء میں ڈائرکٹر راہل ڈھولکیا نے گجرات کے مودی فسادات کے دوران ایک پارسی بچے اظہر مودی کے گم ہونے اور پھر نہ ملنے کی حقیقی واردات پر مبنی ایک فلم 'پرزانیا' پیش کی تھی۔ جس میں بچے کے پارسی والدین (جو نصیر الدین شاہ اور ساریکا بنے تھے) پر گزری تمثیل کے حوالے سے گجرات کے ہزاروں مسلمانوں پر بیتے درد و کرب کو اس موثر طریقے سے پیش کیا گیا تھا کہ شبنم ہاشمی کی 'انہد' نے اُسے ان فسادات کے خلاف ہم وطنوں کا ضمیر بیدار کرنے کے لیے اپنی مہم کا حصّہ بنالیا تھا۔ اس سلسلے میں تقسیمِ ہند کے

خو نچکاں پس منظر میں لکھے بھیشم ساہنی کے مشہور ہندی ناول 'تمس' پر بنے اسی نام کے ٹی وی سیریل کا ذکر بھی ضروری ہے، جسے بعد میں ۱۹۸۷ء میں فلم کی صورت میں بھی پیش کیا گیا تھا اور جس میں سیاست کے کریہہ اور ہولناک کردار اور اس کی پیدا کردہ ہر خوں ریزی اور تباہی کے مقابل انسانیت کے درد مند اور مہربان وجود کو اپنی بقا کی جنگ میں کوشاں بتایا گیا ہے۔

(۹) متوازی سنیما

ستم ظریفی دیکھیے کہ ہمارے دیش کی اور تحریکِ آزادی کی سب سے بلند مرتبت شخصیت گاندھی جی پر ہم اُن کے شایانِ شان کوئی فلم نہ بنا پائے۔ آخر ڈائرکٹر ایٹن بورگ نے ۱۹۸۲ء میں اُن پر اپنی شاہکار فلم 'گاندھی' پیش کی۔ جس میں کسی ہندستانی نے نہیں بلکہ ایک انگریز بین کنگسلے نے گاندھی کا کردار اس طرح ادا کیا کہ حق ادا کر دیا۔ کیتن مہتا نے سردار ولبھ بھائی پٹیل پر بالخصوص اُن کے آخری پانچ برسوں کے تعلق سے ایک معیاری فلم 'سردار' ۱۹۹۳ء میں بنائی تھی، جس میں یہ بھی بتایا گیا تھا کہ سردار اور نہرو کے درمیان بعض اوقات سنگین اختلافات رونما ہوتے رہے تھے، لیکن گاندھی جی کی موت کے بعد اُنھوں نے مل جل کر کام کرنے کا فیصلہ کر لیا تھا۔ یہاں ایک شکایت کا اظہار کیے بنا رہا نہیں جاتا کہ آج تک مولانا ابوالکلام آزاد پر 'گاندھی' اور 'سردار' کے پایے کی فلم بنانے کا کسی کو خیال نہیں آیا! جو کسی بھی طرح اُن سے کم اہمیت کے حامل نہیں۔

ڈاکٹر وی کورین (جن کا پچھلے سال ۹۰ برس کی عمر میں انتقال ہوا۔) نے آنند کے نواح میں کوآپریٹیو تحریک کی بنیاد ڈالی تھی اور اُن ہی کی سربراہی میں جدید تکنالوجی سے دودھ کی پیداوار کے فروغ کے لیے ۱۹۶۵ء میں ڈیری ڈیولپمنٹ بورڈ کا قیام عمل میں آیا تھا۔ اُن کے سفید انقلاب سے امول برانڈ کو ملک گیر شہرت ملی۔ ایک بار جب کورین شہری بالائی طبقے کو فائدہ پہنچانے کے تنازعے میں گھر گئے تو اُنھوں نے شیام بینیگل سے (۱۹۷۶ء میں) فلم 'منتھن' بنوائی یہ ثابت کرنے کے لیے کہ اُن کی تحریک سے قبل

گجرات کے کسانوں کو بااثر طبقہ، دلال اور مہاجن کس طرح لوٹ رہے تھے اور اُن کی تحریک نے اتحاد، یک جہتی اور امدادِ باہمی سے کس طرح اُن کی زندگیوں کا نقشا بدل دیا۔ اس فلم کی کہانی کا خاکہ کورین اور بینیگل نے مل کر تیار کیا تھا اور اس میں گریش کرناڈ نے ڈاکٹر کورین کا کردار ادا کیا ہے۔ فلم میں بینیگل کی ٹیم کے منجھے ہوئے اداکار شامل ہیں اور سمیتا پاٹل نے کہانی کی ضرورت کے مطابق جمالیاتی لمحے فراہم کیے ہیں۔ فلم کے لیے پریتی ساگر کا گایا ہوا گیت 'مارو گام کا تھا پارے' بہت مقبول ہوا، جو اُن کی بہن نیتی ساگر نے لکھا تھا۔ اس فلم کے لیے ناکافی فنڈ کو دیکھ کر گجرات کوآپریٹو ملک فیڈریشن لمیٹیڈ کے پانچ لاکھ کسان ممبروں نے دو روپے فی کس کے حساب سے دس لاکھ روپے فراہم کیے تھے۔ جب یہ فلم ریلیز ہوئی اور بین الاقوامی فلم فیسٹیول میں پہنچی تو امول برانڈ کو عالمی شہرت حاصل ہو گئی۔

۱۹۸۶ء میں اودھ کی تہذیب کے پروردہ اور عاشق مظفّر علی نے اپنی فلم 'انجمن' میں لکھنؤ کی چکن دوزی کی صنعت کے مائل بہ زوال المیے کو اور ڈائرکٹر شیام بینیگل نے 'سُسمن' میں پوچم پلی (آندھر پردیش) کی ریشم سازی کی ہینڈلوم صنعت کے مسائل اور جدید تکنالوجی سے مسابقت کے بحران کو پیش کیا تھا اور ناظرین کو یہ پیغام پہنچانے کی کوشش کی تھی کہ 'دست کاری میں فنکار کی روح کی خوشبو رچی بسی ہوتی ہے۔'

ہندستانی کلاسیکی سنگیت کی مختلف قسموں اور اُن کے فنکاروں پر بھی کئی قابلِ تعریف چھوٹی بڑی فلمیں بنائی گئیں، جنھیں عام فلموں میں شمار نہیں کیا جا سکتا۔ مثلاً کمار ساہنی نے اٹھارھویں صدی کے ایک خاص طرزِ موسیقی 'خیال' پر اپنے حسنِ تخیّل کو 'خیال گاتھا' (۱۹۸۸ء) میں پیش کیا تھا۔ رزمیہ کی طرح اس کا تاریخی پس منظر فراہم کرنے کے لیے جہاں اُنھوں نے روپ متی باز بہادر، ہیر رانجھا، اور نل دمینتی جیسے تاریخ سے زیادہ افسانہ

بن جانے والے کرداروں کی جھلکیاں پیش کی تھیں وہیں گوالیار گھرانے کے وارث فنکاروں کرشنا راؤ شنکر پنڈت، شرت چندر ارولکر، جل بالا پوریا اور نیلا بھاگوت کی خدمات بھی حاصل کی تھیں۔ منی کول نے ۱۹۸۲ء میں شمالی ہند کے مشہور طرزِ موسیقی 'دُھرپد' پر اسی نام سے ڈوکیومنٹری فلم بنائی تھی جس میں دھرپد کی وراثت کا امین ڈاگر خاندان (ضیا محی الدین ڈاگر، ضیا فرید الدین ڈاگر) بھی اُن کا شریک تھا۔ کول نے ۱۹۸۹ء میں 'سدھیشوری' کے نام سے بیسویں صدی کی کلاسیکی ٹھمری کی بنارس گھرانے کی غیر معمولی گائکا سدھیشوری دیوی (۱۹۰۳-۷۷) کی زندگی کے افسانے کو بھی سلولائیڈ پر اُتارا تھا۔ اسی طرح ملکۂ غزل بیگم اختر عرف اختری بائی فیض آبادی کی زندگی کے نشیب و فراز کو شیام بینیگل نے افسانوی انداز میں اپنی فیچر فلم 'سرداری بیگم' (۱۹۹۶) میں پیش کیا تھا، جس میں کرن کھیر کی جان دار اداکاری نے بیگم اختر کو جیتا جاگتا سامنے لا کھڑا کیا تھا۔

***